빨리빨리 레스토랑의 비밀

김원훈 글·그림

치타 마을 최고의 맛집 〈빨리빨리 레스토랑〉.
이곳에는 놀라운 점이 하나 있어.

빌리빌리 레스토랑에
오신 것을 환영합니다.
이 레스토랑이 치타 마을에서
가장 빠른 곳이래.
오늘은 어떤 음식을
먹을까?
꼬르륵

바로,
치타 아저씨
혼자서 일한다는 사실.

휙
휙
요리도,

타닥
타닥
계산도,

수
수
정리도
눈 깜짝할 사이에
해내지.

치타 아저씨 정말 빠르다!

반면, 도도와 다다, 두두는
느리다고 지적받기 일쑤야.

게임할 때,
답답해.
두두야, 벌써 10분째야.
느릿
느릿
느릿
음식 장난감
쿠키를 구울 때,
이게 뭐야?
오븐에서 늦게 꺼내서 다 타 버렸잖아.
이게 쿠키라고?
느릿
느릿

달리기를 할 때도.
난 어차피 느리니까.
느릿
느릿
느릿

이렇게 느려서 치타라고 할 수 있겠어?
우린 어쩌면 좋지?
너희는 왜 그렇게 느려?
아저씨는 어떻게 저렇게 빠른 걸까?
하아
하아

"아저씨는 로봇이 아닐까?"

"어쩌면 마술을 부리는 걸지도 몰라."
"그래, 치타 아저씨에게는 틀림없이
숨겨진 비밀이 있을 거야."

삼 남매는 아저씨의 정체를
확인하기로 결심했어.

필요한 물건을 하나씩 챙겨 들고,
레스토랑으로 향했지.

치타 아저씨의
정체를 밝히러
레스토랑까지 앞으로
500m
씩씩하게 당당하게, 조심조심 살금살금
지금 간다, 빨리빨리 레스토랑으로.

엇, 저기 치타 아저씨다!
쉿, 조용히 말해. 들리겠어.
저기, 봐!

몰래 엿본 아저씨의 모습은 믿기지가 않았어.
식탁으로 오는 걸음은 도도보다 느리고,
의자를 빼는 손은 다다보다 더 느리고,
과자를 집는 손은 두두보다 더더 느렸거든.

나뭇잎 ...
과일 샐러드 4,000원
모둠 샐러드 6,000원
어린이 세트 7,000원
고기 파스타
모둠 샐러드
어린이 세트
수제 돈가스
느릿~
느릿~
느릿~

상상과 다른 아저씨의 모습에
도도는 의자에서 떨어졌어.
쿵

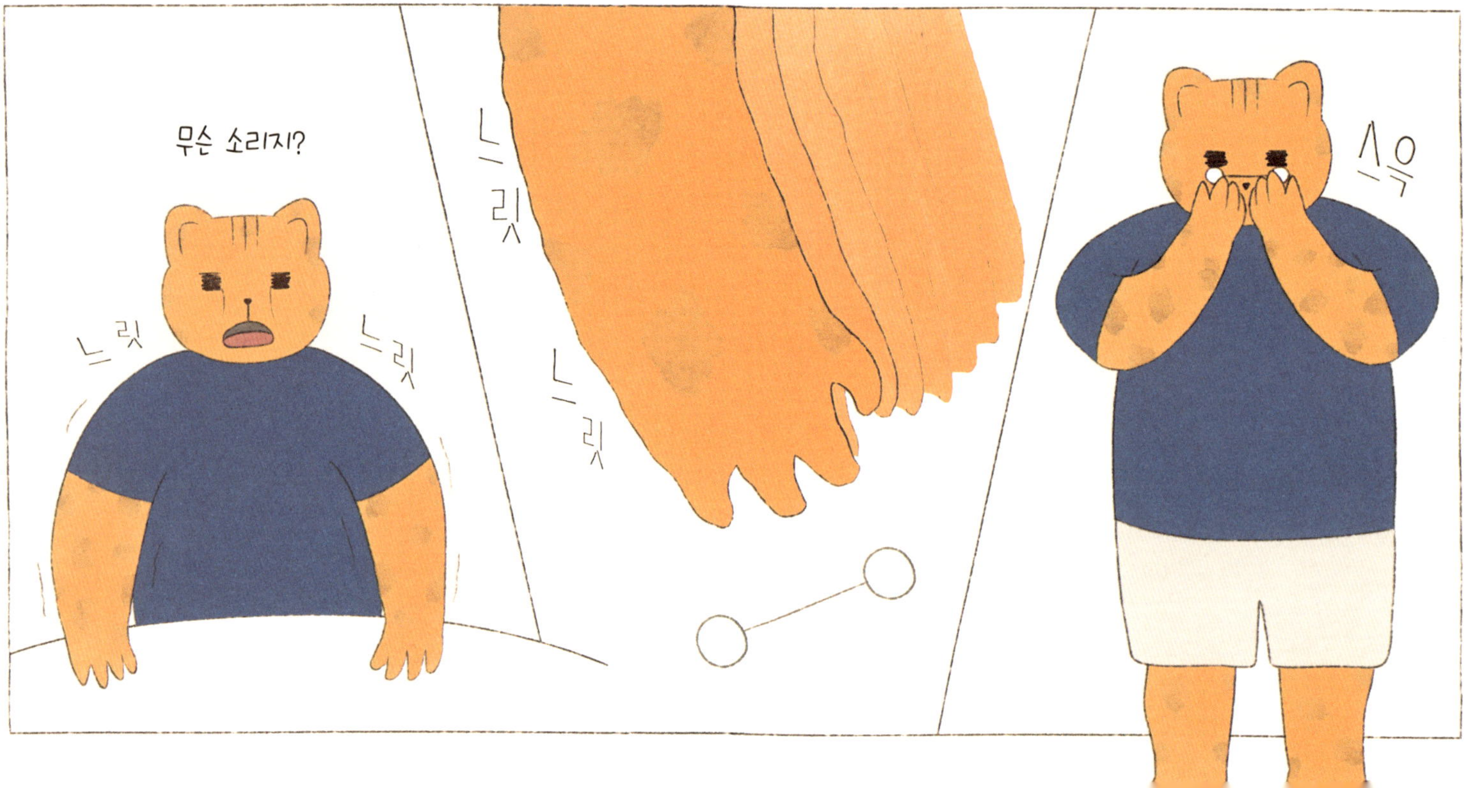

무슨 소리지?
느릿
느릿
느릿
느릿
스윽

그리고 몰래 엿보던 걸
치타 아저씨에게
들키고 말았지.

아저씨가 이야기를 진지하게 듣더니 말했어.

"너희도 이 빨리빨리 안경을 쓰고
레스토랑 일을 도와 보면 어떻겠니?"

"내 비밀은 바로 이 안경이란다.
너희가 봤다시피 나도 느린데,
이 안경만 쓰면 엄청 빨라지지."

"안경을 쓰면
우리도 빨라질 수 있을까?"

알 수 없었지만
셋은 안경의 힘을
믿어 보기로 했지.

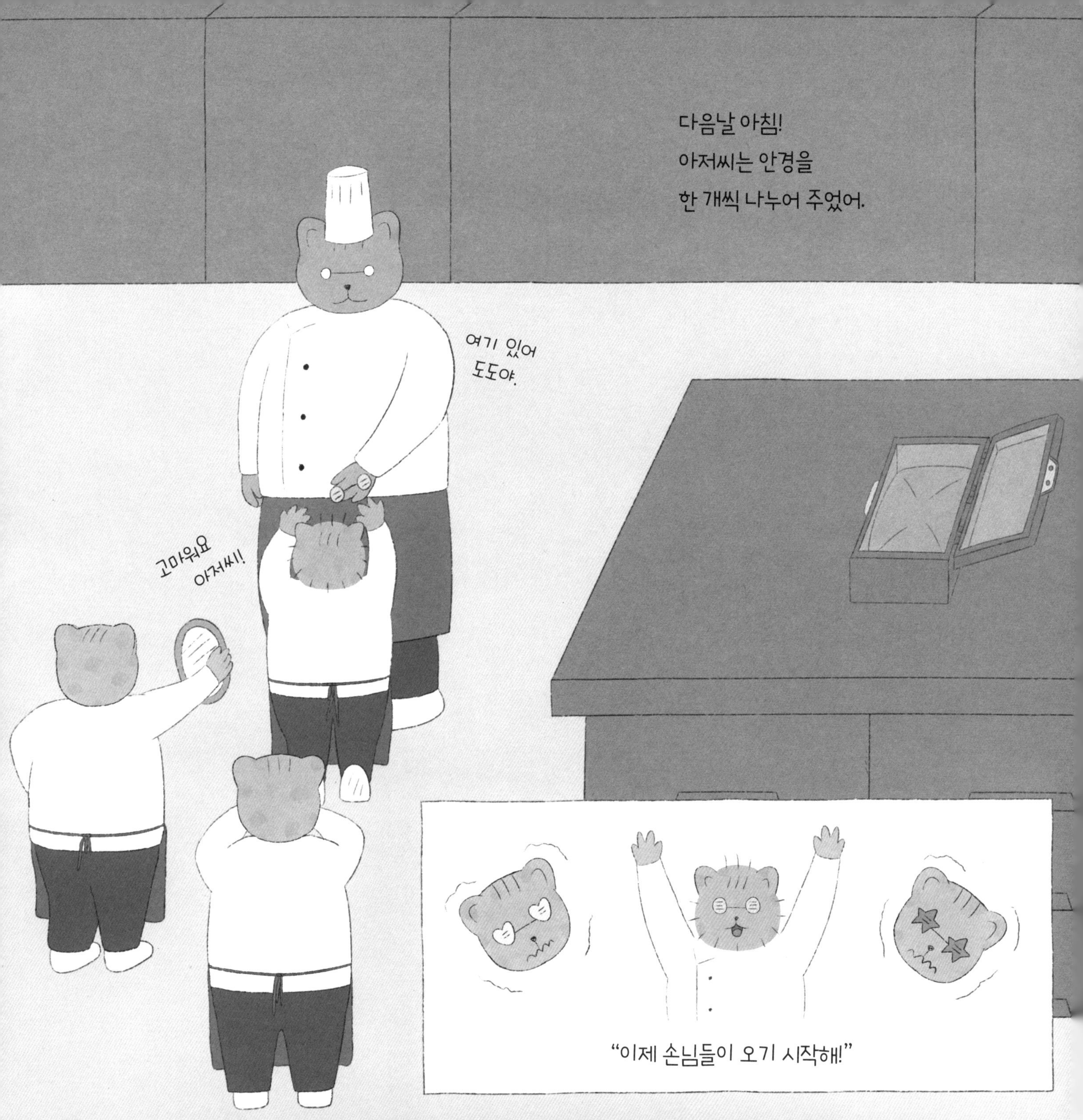

다음날 아침!
아저씨는 안경을
한 개씩 나누어 주었어.

여기 있어
도도야.

고마워요
아저씨!

"이제 손님들이 오기 시작해!"

덜덜
너무 떨리는데 어떡하지.
다다는
긴장했지만
아저씨의 격려에
그래! 할 수 있어, 할 수 있어!
마구마구 뿌려!
음식을 완성할 수 있었어.

두두도 처음에는
계산해 주세요.
이게 뭐더라.
머릿속이 하얘질 만큼 긴장했지만,
할 수 있어, 할 수 있어!
탁 
탁
하다 보니 금방 끝나네?
차츰 잘 해냈지.

도도도
마찬가지였어.
이걸 언제 다
끝내지.

할 수 있어,
할 수 있어!
나도 안경을 쓰고
있잖아!
도도가 불이 붙었어.
계획대로군.

슥
슥
반짝 반짝

바글 바글
레스토랑은 오늘따라 더 많은
손님들로 붐볐어.
도와줘서
고맙다 얘야.
영차
영차
엄마
어린이 세트
먹고 싶어요.
우리 잘하고
있는 거 맞지?
고맙구나.
손님이
끝도 없이 오네.
저기
주문할게요.
꿀꺽
네
지금 갑니다.
주문하신
샐러드
나왔습니다.

도도, 다다, 두두도
치타 아저씨 못지않게
빠르게 손님들을 맞이했지.

"얘들아, 정말 대단하던걸?" 
무사히 일을 마친 아이들에게
치타 아저씨가 쿠키를 가져오며 말했어.
휴, 드디어 끝났다.
우리 아가 엄청 빨랐어!
최선을 다했다.

"모두 아저씨가 주신 안경 덕분이에요."

"자, 안경은 선물로 줄 테니 가져가렴."
"와! 아저씨 최고예요!"
이제 우리도
빨리!

아저씨는 아이들 뒷모습을 흐뭇하게 바라보았어.
안경을 쓰지 않았는데도
신이 난 아이들의 발걸음은 누구보다 빨랐어.
물론 본인들은 이 사실을 눈치채지 못했지만.

안녕히
계세요

"우리가 이렇게 빨라질 수 있다니 너무 신기해!"
"다들 우리를 보고 깜짝 놀라겠지?"

도도, 다다, 두두는
내일이 빨리 오기를 기다리며,
잠자리에 들었대.

장난감 안경
끝

글·그림_김원훈

대학과 대학원에서 언어치료를 공부했습니다. 머릿속에 떠다니는 즐거운 상상을 아이들과 공유하고 싶어 그림을 그리기 시작했습니다. 처음 쓰고 그린 〈빨리빨리 레스토랑의 비밀〉로 LG유플러스 아이들나라 창작 그림책 공모전에서 상을 받았습니다. 앞으로도 아이들에게 긍정적인 에너지를 전하는 그림책을 만들어 갈 것입니다.

1판 1쇄 펴냄 2023년 3월 31일
1판 2쇄 펴냄 2023년 10월 4일

글·그림 김원훈
편집 정재은 | 디자인·제작 심흥섭 | 기획·마케팅 안선주
펴낸이 박소연 | 펴낸곳 (주)도서출판 달리
등록 2002.6.4(제10-2398호)
주소 04008 서울특별시 마포구 희우정로 16길, 17-5
전화 02)333-3702 | 팩스 02)333-3703
ISBN 978-89-5998-460-2 77810

이달의 치타
레스토랑 안에서 누구보다 바른
치타 아저씨

이달의 치타
레스토랑 안에서 누구보다 바른
치타 아저씨

치타 마을에 위치한
빨리빨리 레스토랑!
손님이 끊이지 않는
비결은 과연?
〈치타 아저씨 단독 인터뷰〉
Q. 치타 아저씨가 사실 로봇이
아니냐는 소문이 있던데...?
치타아저씨 : 그럴 리가 없죠.

오늘의 소식
빨리빨리 레스토랑
치타 마을에 위치한
빨리빨리 레스토랑!
손님이 끊이지 않는
비결은 과연?
〈치타 아저씨 단독 인터뷰〉
Q. 치타 아저씨가 사실 로봇이
아니냐는 소문이 있던데...?
치타아저씨 : 그럴 리가 없죠.

이달의 치타
레스토랑 안에서 누구보다 바른
치타 아저씨